U0059155

名流詩叢

19

天地之間

台華雙語詩集

李魁賢 ◎ 著

耶穌成為教主後
有誰還會講他是暴民
在尼祿倒落去的時瞬
伊的歷史定位
變成暴君的代名詞

自　序

　　大概二十外年前，就寫過台語詩，遂被某台語詩刊主編，注詩句中的「心肝」（肝臟）硬改作「心官」。如果欲表示不共款語言，挑故意扭曲文字，造成文義大亂，免講寫詩，連寫一句半句欲傳達意思也無法度，遂放棄無採工的努力。

　　2008年起，忽然間想起試用台華雙語寫共一首詩，發見不過是轉用幾字而已，證明系出同源的語言，雖然發音不共款，形佮義差別實在真有限。從此以來，變成我寫詩的習慣，同時完成台華雙語的雙生子，看來也感覺不止古錐。

　　將五、六年來寫此五十首台華雙生詩印成詩集，是一種保存記持的作法，也表示雖然老來才做，猶復算未慢，較贏無做。台語用字，我堅持合理、妥當的

表意方式，有寡所在，甘願借字順意，予音義相合，
讀會順、看會識。

　　天地之間，詩無所不至。詩由心生，心就會當
開闊，變成一個特別天地，佮現實社會現象無完全相
共，會復較優游自在。詩給我得到人生更加一層的意
義，感受世間有無比的價值，好親像宗教的莊嚴。

李魁賢

2014.07.05

目次

台語篇

自由廣場

孩子　　下課該趕快轉來

媽媽　　我哪有法度安心轉來

孩子　　天寒囉，不可吹風感冒著

媽媽　　台灣現狀不是更較給人感冒

孩子　　身體要緊，讀書要緊

媽媽　　我感覺關懷社會更較要緊

孩子　　聽我的話就勿會不著

媽媽　　但是我內心追求自由價值的呼聲更較大

孩子　　你等的自由還無夠是否

媽媽　　沒有自由，就沒有人權，沒有公平正義

孩子　　追求自由也不是你一個人的責任

媽媽　　每一個人的責任合起來，就是台灣的靠山

孩子　　你還是一定要去自由廣場靜坐是否

媽媽　　我等要用無聲的聲音在廣場開出自由的
　　　　花蕊

2008.11.15

在蒙古草原趖趖趄

在蒙古草原趖趖（loah loah）趄

想欲找我心靈的故鄉

牧草是露水愛親的對象

花蕊用不共款的色彩喊咻

不管你有注意抑是無注意

雨忽然間走過來嬉弄

還沒有瞭解心情

又復忽然間走到無看下影

我的心情在蒙古草原趖趖趄

一目瞤矣攀上岩石奇巧的嶺頂

向東　草原連遍山脈

向西　山脈連遍草原

向南　馬群在蒙古包週圍走闖

向北　蒙古包在馬群中間釘下歇睏

日頭走出來復匿入去雲裡

我的心情無想欲匿起來

干單想欲在草原的故鄉趒趒趒

2009.07.10

在蒙古唱維吾爾情歌

掀妳的頭罩起來

勿躊躇　勿歹勢

烽火看會到千里外憤怒的大目瞪（kang）否

草原民族過去是親戚

也曾是斷絕的仇人

歷史行過烏魯木齊

烏魯木齊是維吾爾人的中心

掀妳的頭罩起來

勿相看　勿相等

空氣會給彎刀的目眉滾起來否

命運是長生天注定

有人要故意扭曲變造

消息傳來比蒙古野馬復較緊

烏魯木齊的流星就欲火燒埔矣

世界焦點轉來被人未記得的烏魯木齊

我的情歌有人知也心意否

趕緊掀妳的頭罩起來

2009.07.10

復見著成吉思汗

經過七十年的睏冬

復見著您出現光線四射

還是給人炫（iann）目痴迷

不銹鋼的英雄姿勢

騎馬騎挺挺在蒙古大草原上

您八百年反射的日頭光

在歷史上永遠金爍爍（siak siak）

日頭因為您才給人不敢睜（chin）

誰人若是枉屈您

您顛倒會擴充力量

誰人若是欺視您

您顛倒恬恬再復拼起來

在長生天的保庇下

您已經化成天地間的一環

縱是形相無存在矣

蒙古民族的心與您結成一体

在天腳下金光閃閃

2009.07.14

草原天頂無戰事

一隻鷹子浮在天頂

衝落來時有鑽破時間的水聲

呼應詩人在欲找鷹子的著急

所有的鼪鼠統匿藏在

草埔掩蓋下家己挖的防空洞

像在眠夢中無聲無息的大草原

已經習慣離開大興安嶺南下

以天頂為家的孤單鷹子

背景是青天白雲

潑墨滴落來的一點墨漬

一目瞤矣淡開幾百隻雀鳥子

像亂雲向西捲過去

衝落來的鷹子滾輪鏇（chun）滾翻身

拚出戰鬥機的特技下生命逐（jiok）

掃過恬恬無事的天頂

未赴留一絲子影

給洞裡的鼯鼠慢慢矣哺

2009.07.19

大草原石雕展

誰人有這款工夫

雕琢此爾超大型的岩石作品

有的怪奇恰如千年烏龜

有的挺挺恰如男性堅定

有的如像睚（ge）目羅漢嘴鬚髯髯

有的如像豎（chhai）直的排笛隨便安插

誰人有這款能力

注這寡（koa）奇巧的石雕

百噸千噸甚至無量噸數

皆遍安插在突（phoak）出來的山崙頂

互相離開數里數十里數百里

經過時間大斧頭子慢慢矣鏤穩穩矣刻

用大草原綠色的絨布茲（chhi）底

展示給日月光華風雨洗練

為萬物造形的創作者

不老的長生天在草原上展出

無始無終

2009.07.22

誰知也

誰知也什麼所在值落大雨
誰知也什麼所在值做大水

總統去參加詩人第幾遍的婚禮
禮堂無電視無報紙

院長去剃頭染第幾遍的頭毛
剃頭店無電視無報紙

祕書長去過父親節吃第幾遍上萬箍的好料
飯店也無電視無報紙

部長去和生意人吃日本料理談第幾遍的生意
料理店也無電視無報紙

誰知也什麼所在值崩山
誰知也什麼所在值滅村

2009.08.22

放煙火

過年晚在101大樓

爆出來的煙火

在暗墨墨的天頂

露出妖魔面影

有人喊咻

有人拍噗子

是驚

抑是歡喜

彼寡不知半暝

是寒是熱的少年家

不知真濟人

是飽是枵的官員

笑眯眯看到光燦燦的

煙火

另外有遐濟人無頭路

憂頭結面在看

煙火四邊黑天暗地的世界

歸暝無法度睏飽眠

看到煙火摔落來的火燼

親像天在流

目水

2010.01.03

巴西鐵樹

關匿在書房三十冬

給外面未記得我的存在

甚至不知我的名

忍耐三十冬

只是欲累積才能

展示開花是偌爾清香

我隔離齷齪的空氣

注亂糟糟的社會關在窗子外

堅持三十冬

佮孤鳥的神魂做伴

用安爾改寫歷史

證明我永久存在

聽嘈耳的聲音逮風飛去

看三十冬後

誰還復在犂頭風騷

2010.01.24

鐵樹佮家蟲

巴西鐵樹等三十冬
才開花的精華
給書房變成芳水工場

三十冬中間
在書房趖趖趖的小隻家蟲
一晚齊齊死死昏昏倒

我想著法國詩人波德萊爾
提芳水罐子給狗鼻
狗驚到狂狂吠

無法度加治伊的家蠶

干單會曉在暗角趖出趖入

承擔未起清芳的美學

2010.02.13

公園內的黑猫

公園內
一隻黑猫

隨意在花叢中間
散步
舒舒爽爽倒在
天地間

天頂無意中落落來
一箍黑墨墨的天石
並晚暝復較黑

地面上的一粒黑玉

過路人想講是

一塊無錄用的石頭

2010.03.15

佮猫相抵

每日透早
到公園抵著黑猫

看伊恬恬睏的姿勢
不知有夢見海
海中的魚
不知有夢見山
山裡的溪

伊有時睇開目珠
看我在伊身軀邊
晃手運動

想講是一欉文學樹子

忍受勿會住

黑暗暝甚久

2010.03.15

貓的心事

月未落
我知也貓
夢見什麼心事

貓有時逮我出門
先到公園
無欲逮我轉去
留站公園

原來在我心裡
進進出出
是貓的影

猫的實體

無伶我湊陣

所以無知也

我夢見什麼心事

2010.03.15

南投蓮華池組曲

火金姑的心聲

在世界黑暗的時瞬

我微微也光

引起大家注意

野地是我生長的所在

由生到死　我終身在野

堅持微微也冷光

在黑暗中

無放棄火金姑的本質

不會豪展　不會比媠

不會大聲　不愛鬧熱

一生干單欲在靜靜的原生地

給黑暗一絲也活氣

盡拚短短的生命

給人留一絲也記持

2010.05.02

樹子不會孤單

每欉樹子統是孤獨

所以活到正正直直

單獨釘根在土地

向天發展

每欉樹子統堅持

孤獨存在的姿勢

不會交際　不會糾糾纏

不愛講好聽話

不管時向同伴恬恬伸手

結合成抵抗風雨的力量

連遍一望無際的樹林

天知也

孤獨的樹子

不會孤單

2010.05.02

大地頌

天頂有豐沛的雨水

向大地表示愛

滴滴答答講不會完的情意

大地包容一切

成為樹林的根基地

生物的存在場所

大地需要豐沛的愛

養飼萬物

給闖來闖去

像火金姑彼款孤獨的人生

有一塊露濕的綠地

提供用不會完的創作源泉

歌頌人間的

至真至善至美

2010.05.02

春天奏鳴曲

春花

春花大開了後

總是稀微

因為稀微

才會想起春花

2011.03.15

春風

如果予妳憂煩
是因為春風的緣故

到底是春風甚弱
予妳憂
抑是春風甚強
予妳煩

免驚講話錯亂
恰如寫詩共款

常常無講什麼道理

親像春風共款

吹到心肝頭糟

免管憂抑煩

2011.03.17

春霧

濛霧來適（tu）好時瞬
予霧霧的帥
更加一層霧霧的神祕

溼氣重
是回南的治事（ti tai）
春天恬恬鑽入心肝內
表示氣候就要燒熱
不免倒笑
濛霧無事惹事

無定著煽動故事

無定著引起花蕊拚開

許（he）不是歹事誌（tai chi）

春天若真是會做歹事誌

顛倒是一件好事誌

2011.03.21

阿富罕的天頂

阿富罕的雪

掩勘（am kham）著齷齪的血

土地爆開受傷的孔嘴

天頂誠久沒有流目水

阿拉沒有歡哼（hi-n hian）一聲

放風箏離開

傷心的土地

飛上天乎

在台北

風箏連天頂都無

只有放在心裡

2011.03.26

盆栽二重奏

盆栽 之一

蝴蝶蘭到最後

紛紛飛上天

紛紛跋落土腳

我繼續栽（chhai）在台頂

繼續沃（ak）水

彼跡（hit jiah）有根

實

在

2011.08.02

盆栽　之二

花落了

枝骨

還復在擺姿勢

失去了裝飾

稀微就是稀微

未比得根

實

在

2011.08.04

荖濃溪變奏曲

荖濃溪

皆身軀黑黲黲的蛟龍

盤住深山幾多世紀

各支流汲水入來浸敏捷身段

趴在靜悄悄山溝底

有時若在哭有時黑白念

無人認真聽無人瞭解

三不五時嚷一聲

表示家己存在

引起一瞬驚動天地的水湧

莫拉克事件過了後

恢復無計無較的性格

在自然中無卑無驕

將苦悶的聲音

由埡口彎幹哼到啞口

2011.11.13

彎流

大轉彎的地形
無論是自然抑是人為
日日阻礙順流姿勢

有什麼不得已的偶然
在地理上造業
有什麼不得已的必然
等待歷史重演

濁激激的湍流到此
留落來無法度清理的積怨

累積變成溪子埔
溪子消瘦到無法度消受

承受不會起上天
偶然過分豐沛的恩賜
無處可發洩家己
必然連帶淹大水的激情

誰在考驗容忍的限度
準備復一回天翻地覆
再造山河的新面貌

2011.11.13

天*地*之間　057

溪水淹過岸

莫拉克颱風彼一工……

彼一工有人警報

上游溪水開始暴衝

無偌久大石沖流落來

隨後柴塊流落來矣

冰箱流落來矣

汽車流落來矣

橡乳船也流落來矣

村民變成破膽鳥飛向高的所在

彼一工有人警報

中游溪水暴漲沖沖滾

超過歷史的記憶

一目瞤矣橋斷去矣

隨後堤岸崩去矣

莊頭淹沒去矣

道路斷夠無一節矣

村民變成孤木在山坎頂絕望

彼一工莫拉克颱風⋯⋯

2011.11.13

遷村計畫

庄內被崩山土石埋落去
有的人永遠埋在土裡
記持只有埋在上蓋內心的所在
彼是永遠不會沖崩去的祕洞
失魂落魄的後世人漂浪在
搶時間趕緊砌起的新社區

原鄉的樹木是閒時的倚靠
在此變成裝飾品
原鄉的路燈是指引轉去的路
在此變成裝飾品

原鄉的橋是隔壁庄聯結的手骨
在此變成裝飾品

原鄉的茨是溫暖的家庭
在此變成參觀的樣品屋
落雨時和茨外共款滴滴答答
永久屋不是永久住的所在
原鄉的人行路爭風威風
在此該接受無真好意的參觀

原鄉的土地
由拋荒數代開墾成畑地

在此千千萬萬肥土
荒廢如無人兮復不給人種作
原鄉的幸福笑在面兮
在此干單聽人展講我等幸福

普羅旺斯　什麼是普羅旺斯
我等出國上遠干單到台北
不識什麼是普羅旺斯
普羅怨死　誠是普羅怨死矣
我等甘願轉來去原鄉重建
自在的茨才是歸屬的國土

2011.11.13

重建

茫濃溪沿岸人民

和根釘真深的樹子共款

堅持土脈地脈

有不變的耐力和韌性

只要有合時日頭和雨水

我等在雨屑時瞬沿溪入山

看到堅強的生命

在無奈中綻開誠艷的花蕾

溫暖著不安的心情

像雨過了出現的日頭

人民自助奮鬥的成果

在天變地變中發揮互助力量

改變靠家己打拚的想法

我看到新的台灣團結文化暴英

重建心靈國度的重大央望

2011.11.13

神木

因為孤獨

才自由自在

企在我的土地

堅持存在上千年

恬恬靜觀

人間吵吵鬧鬧

2012.04.13

乾花

一蕾純潔白玫瑰

浸在安魂曲的迴音

在我的書房內

堅持不屈服的姿勢

直插淨水瓶中

偎在台灣歷史冊

變成永遠不會謝的乾花

2012.04.20

紅豆情

五十外冬前

在鳳山步兵學校受訓

每工透早營地薅（khau）草

順續摭（khioh）紅豆

少女的形影虛虛　若有若無

半世紀了後　紅豆拋無去矣

軍營的記持茫茫渺渺矣

安怎想就想未起來

愛的形曲痀矣

情的影白內障矣

紅豆的相思猶原

想未到有奇緣

孔雀豆在南投遂展出

一條感動的風景線

實實在在的台灣情　台灣愛

2012.06.26

水碓

引入外來的活水

原木和石舂具

協力將生命黃金的粟子

舂出一粒一粒

白雪雪的結晶米

有做穡人的汗和血

化合的古早味

2012.07.02

挈影去公園

挈五歲的查某孫去公園

明柔問我：

會使挈影湊陣去否

我講：為什麼欲挈影

伊講安爾

咱就有四個人耍

較鬧熱

2012.08.28

眼結石

家已傷心

流不會出來的目水

化成眼結石

最後變成

別人的眼中釘

傷到心

2012.10.12

老人運動

老人行路運動

哪會行倒退

無啦

彼是路向前運動

復較快而已

他無振動

也會

自然倒退

2012.12.01

雪湖

雪封鎖的天鵝湖

天鵝已經隱居詩內底

乾樹枝沒有水影

可自怨自嘆

我企在雪頂頭

展開雙手

喊叫春天轉來

2012.12.25
日本北海道苫小牧市ウトナイ湖

岩石的目水

有大風日刮過

有大雨晚沖過

岩石存在

拋荒的時代

被人踏去頂頭

看遠遠的風景

有力的腳步愈來愈密集

青春的歌聲愈來愈高調

相接的腳跡避開跫過

行出小條路

欲開大路

深入地層的孤岩

擋到路

無人會當推翻

動用炸藥爆掉

四散的碎片

沒有一點一滴目水

2013.03.12

有一隻老鼠

有一隻老鼠

不管伊白血病或白化症

竄入核能電廠

匿在沒人注意的孔內

隨意或故意

咬破關鍵的電線

老鼠發揮本能

就是咬　咬　咬

恰如政客的本能

就是騙　騙　騙

注全民當做

白老鼠

講核能上清氣

講核能上俗價

——但是不講核能上毒

講核電經過精算　上安全

講沒有核安　就沒有核電

——但是不講有核電　就沒有核安

連上帝都精算不會出

竟然有一隻老鼠

竟然有一隻

竟然有

竟然

（白目）

附註：2013年3月21日傳出日本福島一
　　　號核電廠核廢料池冷卻系統突
　　　然發生故障，停電30小時，重
　　　複放射線外洩的驚慌，根據調
　　　查是一隻老鼠咬破配電盤電線
　　　所致。

2013.03.29

粉鳥佔廣場

粉鳥一陣一陣

由空中飛落來

強佔廣場

講是和平天使

隨便

傳播禽鳥流行病

噪耳的鳥子聲

放射線

空中四散

猫猫相的黑猫

在暗中

不敢震動

2013.05.05

粉鳥行動

粉鳥免用護照
會當自由行

粉鳥在廣場放屎
不會感覺見笑

粉鳥搶貓飯
不免拭嘴

粉鳥偷提夕陽黃金
給皆天統變黑暗

2013.05.22

死亡*Sonata*

七十年前

參加南洋戰爭的詩人

注死亡藏在樹林的一角

像一隻傳書鴿

帶轉來南方日頭光的消息

七十年後

島嶼安全顧門的人

無限開放天頂

給外來的粉鳥擠滿鳥籠仔

帶入來早知也會無氣的死亡消息

這個鳥籠仔

五十年前暴風雨中

擠滿先知

死亡牆仔壁頂留牢先知噴濺的血跡

這個鳥籠仔

五十年後雲淡風輕

卻是地面

在四界統是掩藏惡性流行病注死的鳥屎

2013.07.29

猫的喜劇

黑猫假（kek）虎步

在熱滾滾的廣場

舉頭看粉鴿群

想講是天頂落落來的

黃金魚

數想以後吃不會完

豐沛假剩的日子

匿到蔭影的所在找到蓬床

不知誰撺過來的破鞋

O! Sola mio!

當頭白日舒爽的眠夢

無想欲清醒起來

忽然看見粉鴿大陣變成鐵線網

遂找未到通路轉去廣場

雜雜念Mamma mia! Mamma mia!

2013.11.10

貓的悲劇

黑貓舉頭看天

一粒粉鳥屎

忽然間炸到鼻頭

天頂開放了後

黑貓每工無法度安息

皆天統是粉鳥群的黑影

看未到明仔載的日頭光

黑貓擋不會住

天下大亂的生活

下生命向天衝起

大大摔落來

黑貓終歸會當安息矣

2013.12.11

高棉

注笑面
掛在寺廟城高塔頂
用大石砌造成歷史記憶

日出日落猶原金閃閃
逐日重複在講
古早文明的輝煌

高棉笑面雖然離離落落
到旦永遠未消失

注苦面

掛在百姓皺紋頂

留住地雷爆炸的惡夢

身軀斷跤斷手

後世人坐對日出日落

不忍心講出永過的驚惶

高棉苦面猶未落漆

已經乎人未記兮

註：高棉今名柬埔寨。寺廟城（Angkor
Wat）統譯做吳哥窟。

2014.02.16

天*地*之間　089

日頭花

日頭花流目水矣

烏雲在默哀

氣壓比棺材板復較重

重重鎮（teh）落來

日頭花流血矣

天頂瘀青

血滴在台灣土地

留落來不會乾癬（kian pih）的孔嘴

日頭花微微也笑矣

只要有日頭出來

天頂自然開朗

日頭花就會開到真豔

2014.03.24

我穿著新黑衫

這一工
我穿著新黑衫
印有
La Poesía es como la Luz
y es la Luz
因為我相信
詩親像光
其實就是光
會當照光黑箱仔
像照妖鏡共款
彼年我在詩人達里奧故鄉
在涸旱的天腳下
突然間被雨淋濕去的詩心

不甘穿的新黑衫

收藏在密封記持箱內

這一工

我穿著新黑衫

印有

La Poesía es como la Luz

y es la Luz

在黑箱掩蓋住的台灣

頭尾不明不白的天腳下

講欲有光

但是頭尾等未到光

黑日頭匿在重重疊疊的雲裡

人民手持日頭花

在黑漆漆的黏子膠街路發光

我身軀穿詩

帶著微微矣光

像火金姑踅來踅去

註：尼加拉瓜詩人荷西・科洛矗歐・烏爾
鐵究（Jose Coronel Urtecho, 1906~1994）
詩句，印在第二屆格瑞納達國際詩歌
節黑T恤上。

2014.03.31

行義的路

起來！

日頭照著光榮的台灣

咱永遠的家鄉

天公要求台灣人民

行義的路

奠立萬世的基礎

當當一個專制獨裁者

企起來

人民不得不坐落來

當當一位義士坐落來

請全民企起來

保衛咱家鄉的安全

起來！起來！

予日頭永遠照著台灣

咱堅守的家鄉

2014.04.22

所謂暴民

善良的人民

被人指責為暴民時

表示國家出現暴君

由昏君變性轉型

在黑洞的核能發電廠

呼喟（khoo oa）荒淫無度的豪門貴族

以痟貪吸血連骨哺的獠牙

青眐眐（gin gin）看走頭無路的民眾

準做奴隸看待

有誰會聽到祈禱聲

尼祿面對羅馬民怨在四界

猶復數想欲看一齣免費的火燒枉死城大戲

復較像（seng）妖嬌妲己注烽火看做好耍

不知帝國已經火燒到目睫毛

耶穌成為教主後

有誰還會講他是暴民

在尼祿倒落去的時瞬

伊的歷史定位

變成暴君的代名詞

2014.04.29

來到古巴

熱烈的日頭一路親我無停

溫柔的加勒比海風對我微微矣吹

我感受到台灣故鄉的爽快

滿山紅日日春鳳凰樹笑面迎接我

旺梨甘蔗木瓜檨仔弓蕉對我甜吻吻

我感受到台灣故鄉的情意

曠野無遮迎接我作相伴湊陣行

山高高低低欲偎來復不真偎

我感受到台灣故鄉的浪漫

海湧在眼前展開無邊的寬容

港灣伸出有力的手骨攬我

我感受到台灣故鄉的親密

2014.05.01
古巴西恩富戈斯*Cienfurgos*

切格瓦拉在古巴

在革命廣場大樓外牆鐵雕

　　　　　　看到切格瓦拉

在大路邊沿路大面看板

　　　　　　看到切格瓦拉

在紀念館空間的雕塑群像

　　　　　　看到切格瓦拉

在餐廳牆仔壁頂裝飾物

　　　　　　看到切格瓦拉

在各種色彩的T恤衫

　　　　　　看到切格瓦拉

在民家偎街路的外壁標語

　　　　　　看到切格瓦拉

在文化報每日報頭

　　　　看到切格瓦拉

在詩歌節海報和出席證件

　　　　看到切格瓦拉

在古巴歷史書重要部位

　　　　看到切格瓦拉

在古巴人大寒立春的心底

　　　　看到切格瓦拉

2014.05.05
古巴奧爾金*Holguin*

古巴國道

馬路已經變成車路

汽車在車路

拚勢衝

車路也猶原是馬路

馬車在馬路

散步

八線路的國道

由國都延伸到文化古都

19世紀的馬車一時間

停格在拚勢衝的汽車窗子口

正平是人趕動物在種作

倒平是農耕機在起狂

汽車拚勢衝過去

馬車留在風景裡軼軼軻軻（khi khi khok khok）

2014.05.17

華語篇

自由廣場

孩子　　下課要趕快回家

媽媽　　我怎麼能安心回家

孩子　　天涼了，不要吹風感冒

媽媽　　台灣現狀不是更使人心寒嗎

孩子　　身體重要，讀書重要

媽媽　　我感到關懷社會更重要

孩子　　聽我的話不會錯

媽媽　　可是我內心追求自由價值的呼聲更大

孩子　　你們的自由還不夠嗎

媽媽　　沒有自由，就沒有人權，沒有公平正義

孩子　　追求自由又不是你一個人的責任

媽媽　　每一個人責任的總和，就是台灣的憑藉

孩子　　你一定還要去自由廣場靜坐嗎

媽媽　　我們要以沈默的聲音在廣場開放自由之花

2008.11.15

在蒙古草原徜徉

在蒙古草原徜徉

尋找我心靈的故鄉

牧草是露水親吻的對象

小花用不同顏色吶喊

不管你注意還是不注意

雨忽然跑過來作弄

還沒有瞭解心情

忽然又跑得不見蹤影

我的心在蒙古草原徜徉

瞬間攀上岩石崢嶸的山巔

望東　草原連綿山脈

望西　山脈連綿草原

望南　馬群在蒙古包週圍馳騁

望北　蒙古包在馬群間蹲下休息

太陽跑出來又躲進雲裡

我的心不想躲藏

只想在草原的故鄉徜徉

2009.07.10

在蒙古唱維吾爾情歌

揭起了妳的蓋頭來

不要猶豫　不要羞怯

烽火看到千里外怒睜的大眼睛嗎

草原民族曾經是親戚

曾經也是割袍的仇敵

歷史走過烏魯木齊

烏魯木齊是維吾爾人的核心

揭起了妳的蓋頭來

不要遲疑　不要等待

空氣會使彎刀般的眉沸騰嗎

命運是長生天注定

有人要刻意扭曲變造

消息來得比蒙古野馬快

烏魯木齊的流星就要燎原

世界的焦點轉向被遺忘的烏魯木齊

我的情歌有人知道心意嗎

那就快快揭起了妳的蓋頭來

2009.07.10

再見成吉思汗

經過七十年的冬眠

再見到您復出光芒四射

仍然令人目眩神迷

以不銹鋼的雄姿

躍馬挺立在蒙古大草原上

您八百年反射的太陽光輝

在歷史上永遠奪目燦爛

太陽因您才令人不敢逼視

誰要是冤屈您

您必因而擴充能量

誰要是埋沒您

您必沈潛再度崛起

在長生天的庇護下

您已化成天地間的一環

即使形相不在

蒙古民族的心與您結成一体

在天底下閃閃發光

2009.07.14

草原天空無戰事

一隻鷹在天空飄舉

俯衝時有撕裂時間的流聲

呼應詩人尋鷹的焦灼

所有土撥鼠密藏在

大草原掩蓋下自掘的防空洞

像夢中一樣無聲的大草原

已習慣遠離大興安嶺南下

以天空為家的孤獨老鷹

背襯著藍天白雲

潑墨遺落的一滴墨漬

瞬間渲染成百隻雀鳥群

亂雲般向西席捲而去

俯衝的老鷹以腹滾式翻騰

拚出戰鬥機的特技追逐

橫掃過靜靜無事的天空

來不及留下一點影子

給洞裡的土撥鼠咀嚼

2009.07.19

大草原石雕展

誰有此神工

雕琢這些超大型巨岩作品

或瑰奇如千年烏龜

或磊落如男性圖騰

或如怒目羅漢亂髭叢生

或如豎立排笛隨意安插

誰有此能耐

把這些奇巧的石雕

或百噸或千噸或無量噸數

遍置在凸出的圓滑山丘

相距數里數十里數百里

經歷時間巨斧慢慢鏤刻

以大草原綠絨為墊

展示給日月光華風雨洗練

為萬物賦形的創作者

不老的長生天在草原上展出

無始無終

2009.07.22

誰知道

誰知道什麼地方正在下大雨

誰知道什麼地方正在淹大水

總統去參加詩人第幾次的婚禮

禮堂無電視無報紙

院長去理髮染第幾次的頭髮

理髮店無電視無報紙

祕書長去過父親節吃第幾次上萬元的大餐

飯店也無電視無報紙

部長去和生意人吃日本料理談第幾次的生意
料理店也無電視無報紙

誰知道什麼地方正在崩山
誰知道什麼地方正在滅村

2010.01.24

放煙火

跨年夜在101大樓

爆開來的煙火

在黑漆漆的天空

顯示惡魔影像

有人叫喊

有人在鼓掌

是驚

還是高興

那些不知半夜裡

是冷是熱的年輕人

不知很多人

是飽是餓的官員

笑眯眯看著燦爛的

煙火

另外還有那麼多人失業

愁眉苦臉在看

煙火四周黑天暗地的世界

整夜無法入眠安睡

看到煙火摔下來的火燼

像老天在流

眼淚

2010.01.03

巴西鐵樹

禁錮書房三十年

讓外界忘了我的存在

甚至不知道我的名字

忍耐三十年

只是要蓄積能量

展現開花的異樣清香

我孤離污濁的空氣

把紛擾的社會關在窗外

堅持三十年

與孤鳥的心靈相伴

以此改寫歷史

證明我永久存在

聽嘈雜的聲音隨風而逝

看三十年後

誰還在管領風騷

2010.01.24

鐵樹與蟑螂

巴西鐵樹等三十年

才開花的精華

把書房變成香水工場

三十年當中

在書房亂竄的小蟑螂

一晚全部昏死掉

我想到法國詩人波德萊爾

拿香水罐給狗嗅

狗嚇到狂吠

無法加以制裁的蟑螂

只會在幽暗角落進進出出

承受不起清香的美學

2010.02.13

天<i>地</i>之間　125

公園內的黑猫

公園內
一隻黑猫

隨意在花間
散步
安適躺臥在
天地間

天上無心掉下來
一塊漆黑殞石
比夜還要黑

地上的一粒黑玉

路人以為是

一顆無用的石頭

2010.03.15

與貓邂逅

每天清晨

到公園遇到黑貓

看看牠勻靜的睡姿

可曾夢見海

海中的魚

可曾夢見山

山間的河

牠有時睜開眼

看看我在牠身旁

甩手運動

以為是一棵文學樹

不耐黑夜

太久

2010.03.15

貓的心事

月未落

我知道貓

夢見什麼心事

貓有時隨我出門

早到公園

卻不隨我回家

一直留在公園

原來在我心中

進進出出

是貓的影子

猫的實體

不與我同在

所以不知道

我夢到什麼心事

2010.03.15

南投蓮華池組曲

螢的心聲

在世界黑暗的時候

我微弱的光

引起大家注意

野地是我的生長地

從生到死　我終身在野

堅持微弱的冷光

在黑暗中

不放棄螢的本質

不炫耀　不競豔

不喧嘩　不熱鬧

一生只願在靜靜的原生地

給幽暗點綴一點生氣

耗盡短暫的生命

給人留一點回憶

2010.05.02

樹不會孤單

每棵樹都是孤獨

所以活得正正直直

單獨植根大地

向天空發展

每棵樹都堅持

孤獨存在的姿勢

不交際　不糾纏

不說媚俗的話

始終向同伴默默伸手

結合成抵禦風雨的力量

連綿成無際的森林

天空知道

孤獨的樹

不孤單

2010.05.02

大地頌

天空以豐沛的雨水

向大地示愛

滴滴答答講不完的情意

大地包容一切

成為樹林的根基地

生物的存在場所

大地需要豐沛的愛

供養萬物

讓栖栖皇皇

螢一般的孤獨人生

有一塊滋潤的綠地

提供不盡的創作源泉

歌頌人間的

至真至善至美

2010.05.02

春天奏鳴曲

春花

繁華後

總是寂寞

因為寂寞

才會回憶春花

2011.03.15

春風

如果使妳憂煩
是因為春風的緣故

到底是春風太弱
使妳憂
還是春風太強
使妳煩

不要怕語無倫次
就像寫詩一樣

常常都是不講道理

就像春風一樣

吹得心頭凌亂

不用理憂煩

2011.03.17

春霧

霧來得正是時候
使朦朧的美
增加朦朧的神祕

反潮
是因為南風的緣故
春天已悄悄透入心裡
表示氣候就要轉暖
不用反嘲
霧無事生罪

或許會挑撥故事
或許引燃百花競放
那都不是壞主意
春天如果真會打壞主意
確實是件好主意

2011.03.21

阿富汗的天空

阿富汗的雪

覆蓋著污穢的血

土地爆開龜裂的傷口

天空很久沒有流淚

阿拉沒有一聲嘆息

就放風箏離開

傷心的土地

飛上天吧

在台北

風箏連天空都沒有

只能放在心裡

2011.03.26

天*地*之間　143

盆栽二重奏

盆栽　之一

蝴蝶蘭到最後

紛紛飛上天

紛紛墜地

我繼續供在台上

繼續澆水

那裡有根

實

在

2011.08.02

盆栽　之二

花落後

枯梗

仍然擺著姿勢

失去了裝飾

蕭瑟就是蕭瑟

比不上根

實

在

2011.08.04

荖濃溪變奏曲

荖濃溪

全身黝黑的蛟龍

盤踞深山多少世紀

各支流匯水浸潤矯捷身段

潛伏幽靜谷底

時而嗚咽時而喃喃自語

無人諦聽無人理解

偶爾咆哮

表示己身存在

掀起一陣驚天動地的洶湧

莫拉克事件過後

恢復隨遇而安的性格

在自然裡不卑不亢

把苦悶的聲音

從啞口蜿蜒呻吟到啞口

2011.11.13

天*地*之間　147

彎流

急轉彎的地形
不論是自然還是人為
日日阻礙順流姿勢

有什麼不得不的偶然
在地理上造業
有什麼不得不的必然
等待歷史重演

渾濁的激流到此
留下無法清理的積怨

形成沖積的溪洲
溪流消瘦到無法消受

難以承受上天
偶然過度充沛的恩寵
無處宣洩自我
必然連帶氾濫的激情

誰在考驗容忍極限
準備下一次天翻地覆
再造河山新貌

2011.11.13

天*地*之間　149

溪水氾濫

莫拉克颱風那一天

那一天有人警報

上游溪水開始暴衝

不久磊石逐流而下

而後巨木流下來了

冰箱流下來了

汽車流下來了

橡皮艇也流下來了

村民成為驚鳥向高處飛奔

那一天有人警報

中游溪水暴漲成為洪流

超過歷史的記憶

瞬間橋梁斷了

而後護堤崩塌了

村莊淹沒了

道路寸斷了

村民成為孤木在崖上絕望

那一天莫拉克颱風……

2011.11.13

遷村計畫

村落被土石流掩埋
有的家人與大地永在
記憶只有埋在心的最深處
那是永遠不會沖刷潰堤的祕窖
失魂落魄的餘生漂浮在
急就章速成的新社區

原鄉的樹木是休閒的依靠
在這裡成為裝飾品
原鄉的路燈是指引回家的路
在這裡成為裝飾品

原鄉的橋梁是鄰村聯結的手臂
在這裡成為裝飾品

原鄉的房屋是溫馨的家庭
在這裡成為參觀的樣品屋
下雨時和屋外一樣滴滴答答
永久屋不是永久居住地
原鄉的人走路爭風威風
在這裡要接受不懷好意的參觀

原鄉的土地
從荒地數代開墾成良畝

在這裡成千上萬沃土

荒廢如同棄地卻不開放播種

原鄉的幸福笑在臉上

在這裡聽人誇耀我們很幸福

普羅旺斯　　什麼是普羅旺斯

我們出國最遠只到台北

不懂什麼是普羅旺斯

普羅怨死　真是普羅怨死了

我們寧願回到原鄉重建

自在的家才是歸屬的國土

2011.11.13

重建

茗濃溪沿岸人民
和根植深層的樹木一樣
堅持土地脈絡
有不移的耐力和韌性
只要有合時陽光和雨水

我在霏雨中溯流洄游
看到堅忍的生命力
在無奈中綻開燦爛花蕾
溫暖著忐忑心情
像初霽陽光

人民自助奮鬥的成果

在天變地變中發揮互助力量

改變自我孤立的思惟

我看到新的台灣團結文化成長

重建心靈國度的重大希望

2011.11.13

神木

因為孤獨

才自由自在

立定我的土地

堅持存在上千年

沉默靜觀

人間紛擾喧嘩

2012.04.13

乾燥花

一朵純潔白玫瑰

沉浸安魂曲的餘韻

在我的書房內

堅持不屈的姿勢

亭立淨水瓶中

傍著台灣歷史冊

成為不朽的乾燥花

2012.04.20

紅豆情

五十多年前

在鳳山步兵學校受訓

每天清早營地拔草

順便撿紅豆

少女的形影虛幻　似有似無

半世紀後　紅豆遺失了

軍營的記憶茫然了

怎麼想都想不起來

愛的形佝僂了

情的影白內障了

紅豆的相思不滅

想不到出奇緣

孔雀豆在南投展現出

一條感動的風景線

實實在在的台灣情　台灣愛

2012.06.26

水碓

引入外來的活水

原木和石舂具

協力將生命黃金的稻穀

搗出一粒一粒

白雪雪的結晶米

有種田人的汗和血

化合的歷史味

2012.07.02

帶影子去公園

帶五歲的孫女去公園

明柔問我：

可以帶影子一起去嗎

我說：為什麼要帶影子

她說這樣

我們有四個人玩

更熱鬧

2012.08.28

眼結石

自己傷心

流不出的淚水

化成眼結石

最終變成

別人的眼中釘

傷到心

2012.10.12

老人運動

老人走路運動

怎會倒退呢

不

那是路向前運動

更快而已

他不動

也會

自然倒退

2012.12.01

雪湖

雪封的天鵝湖

天鵝已退隱詩裡

枯枝沒有水影

可自憐

我在雪地上

張開雙臂

呼喚春天回來

2012.12.25
日本北海道苫小牧市ウトナイ湖*

岩石的淚水

　　有強風日刮過

　　有豪雨夕暴過

　　岩石存在

　　荒蕪的時代

　　讓人踩上去

　　瞭望遠方的風景

　　有力的步伐愈來愈頻繁

　　青春的歌聲愈來愈高昂

　　接踵足跡閃避繞過

　　走出了小徑

為開闢大道

深植地層的孤岩

成為擋路石

無人能夠推翻

動用炸藥擊潰

四散的碎片

沒有一點一滴淚水

2013.03.12

有一隻老鼠

有一隻老鼠

不理會白血病或白化症

竄入核能電廠

躲在沒人注意的穴裡

隨意或故意

咬破關鍵的電線

老鼠發揮本能

就是咬　咬　咬

正如政客的本能

就是謊　謊　謊

把全民當做

白老鼠

說核能最清潔

說核能最廉價

──可是不說核能最毒

說核電經過精算　最安全

說沒有核安　就沒有核電

──可是不說有核電　就沒有核安

連上帝都精算不出

竟然有一隻老鼠

竟然有一隻

竟然有

竟然

（白痴）

附註：2013年3月21日傳出日本福島一
　　　號核電廠核廢料池冷卻系統突
　　　然發生故障，停電30小時，重
　　　蹈放射線外洩的恐慌，根據調
　　　查是一隻老鼠咬破配電盤電線
　　　所造成。

2013.03.29

鴿子佔廣場

鴿子一群群

從空中飛下來

強佔廣場

號稱和平天使

隨便

傳播禽流感

喧嘩的鳥語

放射線

散佈空中

窺視的黑貓

在暗中

潛伏不動

2013.05.05

鴿子行動

鴿子不用護照
可以自由行

鴿子在廣場拉屎
不會感覺羞恥

鴿子搶猫食
不用抹嘴

鴿子偷走夕陽黃金
讓天空一片黑暗

2013.05.22

死亡咒鳴曲

七十年前

參加南洋戰爭的詩人

把死亡藏在密林的一隅

像一隻信鴿

帶回南方陽光的消息

七十年後

島嶼安全的守門人

無限開放天空

讓外來的鴿子擠滿鳥籠

帶進來預知窒息的死亡訊息

這個鳥籠

五十年前暴風雨中

擠滿先知

死亡牆上留下先知噴濺的血跡

這個鳥籠

五十年後雲淡風輕

只見地面

到處是隱藏禽流感致死的鳥屎

2013.07.29

猫的喜劇

黑猫邁虎步

在炙熱的廣場

仰望鴿群

以為是天上掉下來的

黃金魚

料想往後吃不完

豐盛的多餘歲月

躲到蔭下找到席夢思

不知是誰丟過來的破鞋

O! Sola mio!

舒服的白日夢

不想醒來

猛然看見鴿陣化身成拒馬

遂找不到通路回到廣場

嘀咕著Mamma mia! Mamma mia!

2013.11.10

猫的悲劇

黑猫抬頭望天

一粒鴿屎

猛然炸中鼻尖

天空開放後

黑猫每天總不得安眠

滿天是群鴿的黑影

看不到明日陽光

黑猫忍受不了

天下大亂的生活

放力朝天一搏

重重摔下來

黑貓終於安眠啦

2013.12.11

高棉

把笑臉

掛在寺廟城高塔上

用巨石堆砌成歷史記憶

日出日落依舊燦爛

日日重複敘說

昔日文明的輝煌

高棉笑臉雖然斑剝

永未磨滅

把苦臉

掛在百姓皺紋上

留下地雷驚爆的惡夢

斷肢殘軀

餘生坐對日出日落

不忍說出往日的驚惶

高棉苦臉還未斑駁

已被遺忘

註：高棉今名東埔寨。寺廟城（Angkor
Wat）通譯成吳哥窟。

2014.02.16

天*地*之間　181

太陽花

太陽花流淚了
烏雲在默哀
氣壓比棺蓋還要重
重重壓下來

太陽花流血了
天空瘀黑
血滴在台灣土地上
留下無法癒合的傷口

太陽花微笑了

只要有太陽

天空自然開朗

太陽花就會笑得很燦爛

2014.03.24

我穿上新黑衫

這一天

我穿上新黑衫

印有

La Poesía es como la Luz

y es la Luz *

因為我深信

詩像光

其實就是光

可照亮黑箱

像照妖鏡一樣

那年我在詩人達里奧故鄉

在乾旱的天空下

突然被雨淋濕的詩心

捨不得穿的新黑衫
收藏在密封記憶箱內

這一天
我穿上新黑衫
印有
La Poesía es como la Luz
y es la Luz
在黑箱籠罩的台灣
始終不明不白的天空下
說要有光
可是始終等不到光
黑太陽躲在積層雲裡

人民手持太陽花

在黑漆漆的柏油街道發光

我穿上詩

帶著微弱的光

像螢火蟲一般遊弋

註：尼加拉瓜詩人荷西‧科洛矗歐‧烏爾
　　鐵究（Jose Coronel Urtecho, 1906~1994）
　　詩句，印在第二屆格瑞納達國際詩歌
　　節黑T恤上。

2014.03.31

行義的路

起來！

太陽照耀光榮的台灣

我們永遠的家鄉

上天要求台灣人民

行義的路

奠定萬世的基礎

當一個專制獨裁者

站起來

人民不得不坐下來

當一位義士坐下來

請全民站起來

捍衛我們家鄉的安全

起來！起來！

讓太陽永遠照耀台灣

我們堅守的家鄉

2014.04.22

所謂暴民

當善良的人民

被指責為暴民時

表示國家出現了暴君

由昏君變性轉型

當黑洞的核能發電廠

招攬荒淫無度的豪門貴族

正以貪婪無厭的嗜血大口

虎視無計可施的民眾

當做奴隸看待

有誰會聽到祈禱聲

尼祿面對羅馬民怨四起

樂於看一場免費的焚城大戲

更像是妖魅妲己以觀賞烽火為樂

不知帝國火燒已到眉睫

當耶穌成為教主

誰還會說他是暴民

當尼祿倒下的時候

他的歷史定位

成為暴君的代名詞

2014.04.29

來到古巴

熱烈的陽光一路親吻我

溫柔的加勒比海微風吹撫我

我感受到台灣故鄉的爽朗

繽紛的杜鵑日日春鳳凰木笑臉迎我

鳳梨甘蔗木瓜芒果香蕉對我甜言蜜語

我感受到台灣故鄉的情意

平野敞胸迎我不離不棄沿途相伴

山巒曲線若即若離欲迎還拒

我感受到台灣故鄉的浪漫

海以寬容無際波浪展開眼前

港灣張開雄偉臂膀擁抱我

我感受到台灣故鄉的親暱

2014.05.01
古巴西恩富戈斯Cienfurgos

切格瓦拉在古巴

在革命廣場高樓外牆鐵雕

　　　　　看到切格瓦拉

在通衢大道沿路巨面看板

　　　　　看到切格瓦拉

在紀念館庭院的雕像群

　　　　　看到切格瓦拉

在餐廳牆壁上裝飾物

　　　　　看到切格瓦拉

在各種色彩的T恤衣衫

　　　　　看到切格瓦拉

在住家臨街的外壁標語

　　　　　看到切格瓦拉

在文化報每日報頭

　　　　　看到切格瓦拉

在詩歌節海報和出席證件

　　　　　看到切格瓦拉

在古巴歷史書重要部位

　　　　　看到切格瓦拉

在古巴人大寒立春的內心

　　　　　看到切格瓦拉

　　　　　　　　　2014.05.05
　　　　　　古巴奧爾金 *Holguin*

古巴國道

馬路已變成車道

汽車在車道上

疾馳

車道依然是馬路

馬車在馬路上

散步

八線路的國道

從國都綿延到文化古都

19世紀的馬車　瞬間

停格在汽車疾馳的視窗上

左邊是人力獸力在墾荒

右邊是農耕機在起哄

汽車疾馳而過

馬車留在風景裡嘀嘀咕咕

2014.05.17

語言文學類　PG1198　名流詩叢19

天地之間
李魁賢台華雙語詩集

作　　　者 / 李魁賢
責 任 編 輯 / 鄭伊庭
圖 文 排 版 / 楊家齊
封 面 設 計 / 陳佩蓉

發 　行 　人 / 宋政坤
法 律 顧 問 / 毛國樑　律師
出 版 發 行 / 秀威資訊科技股份有限公司
　　　　　　114台北市內湖區瑞光路76巷65號1樓
　　　　　　電話：+886-2-2796-3638　傳真：+886-2-2796-1377
　　　　　　http://www.showwe.com.tw
劃 撥 帳 號 / 19563868　戶名：秀威資訊科技股份有限公司
　　　　　　讀者服務信箱：service@showwe.com.tw
展 售 門 市 / 國家書店（松江門市）
　　　　　　104台北市中山區松江路209號1樓
　　　　　　電話：+886-2-2518-0207　傳真：+886-2-2518-0778
網 路 訂 購 / 秀威網路書店：http://www.bodbooks.com.tw
　　　　　　國家網路書店：http://www.govbooks.com.tw

2014年8月　BOD一版
定價：240元
版權所有　翻印必究
本書如有缺頁、破損或裝訂錯誤，請寄回更換

Copyright©2014 by Showwe Information Co., Ltd.
Printed in Taiwan
All Rights Reserved

國家圖書館出版品預行編目

天地之間：李魁賢台華雙語詩集 / 李魁賢著. -- 一版. --
臺北市：秀威資訊科技, 2014.08
　　面；　公分. -- (語言文學類；PG1198) (名流詩叢；
19)
　BOD版
　ISBN 978-986-326-277-0 (平裝)

863.51   103014131

讀者回函卡

感謝您購買本書，為提升服務品質，請填妥以下資料，將讀者回函卡直接寄回或傳真本公司，收到您的寶貴意見後，我們會收藏記錄及檢討，謝謝！如您需要了解本公司最新出版書目、購書優惠或企劃活動，歡迎您上網查詢或下載相關資料：http:// www.showwe.com.tw

您購買的書名：＿＿＿＿＿＿＿＿＿＿＿＿＿＿＿＿＿＿＿＿＿＿

出生日期：＿＿＿＿＿年＿＿＿＿＿月＿＿＿＿＿日

學歷：□高中 (含) 以下　　□大專　　□研究所 (含) 以上

職業：□製造業　□金融業　□資訊業　□軍警　□傳播業　□自由業
　　　□服務業　□公務員　□教職　　□學生　□家管　　□其它＿＿＿＿

購書地點：□網路書店　□實體書店　□書展　□郵購　□贈閱　□其他

您從何得知本書的消息？

　　□網路書店　□實體書店　□網路搜尋　□電子報　□書訊　□雜誌

　　□傳播媒體　□親友推薦　□網站推薦　□部落格　□其他＿＿＿＿＿＿

您對本書的評價：（請填代號　1.非常滿意　2.滿意　3.尚可　4.再改進）

　　封面設計＿＿＿　版面編排＿＿＿　內容＿＿＿　文／譯筆＿＿＿　價格＿＿＿

讀完書後您覺得：

　　□很有收穫　□有收穫　□收穫不多　□沒收穫

對我們的建議：＿＿＿＿＿＿＿＿＿＿＿＿＿＿＿＿＿＿＿＿＿＿

11466
台北市內湖區瑞光路 76 巷 65 號 1 樓

秀威資訊科技股份有限公司　　　收

BOD 數位出版事業部

....

（請沿線對折寄回，謝謝！）

姓　　名：_____　　年齡：_____　　性別：□女　□男

郵遞區號：□□□□□

地　　址：_____

聯絡電話：(日) _____　(夜) _____

E-mail：_____